Ye

22257

LE
JUBILÉ
ODE

Par J.-G. CAPPOT DE FEUILLIDE.

PARIS

URBAIN CANEL, LIBRAIRE,

RUE SAINT-GERMAIN-DES-PRÉS, N. 9.

AMBROISE DUPONT ET RORET.
1826

LE
JUBILÉ
ODE.

PAR J. G. CAPPOT DE FEUILLIDE.

PARIS
URBAIN CANEL, LIBRAIRE,
RUE SAINT-GERMAIN-DES-PRÉS, N. 9.

1826

IMPRIMERIE DE J. TASTU,
RUE DE VAUGIRARD, N. 36.

4

Ierusalem! Ierusalem! convertere ad Dominum
Deum tuum.

Leçons de Jérémie.

Dieu sait en jours de deuil changer les jours de fêtes;

Il soulève les flots, déchaîne les tempêtes,

Et dans les champs de l'air fait voler l'aquilon.

Des Rois, comme un jouet, il brise la couronne;

Il livre aux conquérans, aux pleurs il abandonne

Les peuples criminels qui blasphêment son nom.

Il avait dit : — Malheur ! je détruirai Ninive.

Comme les grains de sable enlevés de la rive,

Les vents disperseront ses coupables tribus;

Car je suis le Seigneur, car du fond des abîmes

Elle n'a pas crié : Pardonnez-moi mes crimes !....

Encore quelques jours, elle ne sera plus ! —

Et voilà, cependant, que vieillards sans prudence,

Hommes sans énergie, enfans sans innocence,

Les peuples insultaient aux feux du Dieu vengeur. —

S'il est Dieu, qu'il nous frappe ! — Et leurs prétendus sages,

Disaient : Vous le voyez, le calme et les orages

Sont l'œuvre du hasard et non pas du Seigneur.

Insensés ! le hasard, sur des races parjures,

Par trente ans de malheurs, venge-t-il des injures ?

Fait-il aux châtimens succéder les bienfaits ?

Qui permit, dites-nous, qu'une victime auguste

Aux bourreaux fût livrée, afin qu'un nouveau juste,

Comme autrefois le Christ, expiât nos forfaits ?

Qui donc, pressant le vol de l'ange des batailles,

Dans les champs embrasés, hâtait ces funérailles

Où tout le sang proscrit s'épuisait à la fois ?

Et quand le Roi-Martyr eut péri sans vengeance,

Qui donc, pour châtier leur lâche indifférence,

D'un Soldat couronné rendit vassaux les Rois ?

Sous ses ongles, vingt ans, aux éclats du tonnerre,

L'aigle de ce Soldat fit palpiter la terre;

Et lorsque le géant, fléau de l'univers,

Sur les peuples maudits a passé comme un glaive,

Dites, quel est le bras qui l'accable et l'enlève

Pour l'enchaîner vivant sur des rochers déserts ?

C'est le Seigneur ! c'est lui qui punit et console.

Peuples, retenez bien sa divine parole :

— Je ne confondrai point celui qui croit en moi. —

Grand Dieu ! tes châtimens ont montré ta puissance.

O France, à ses bienfaits reconnais sa clémence :

Quand il pouvait te perdre il eut pitié de toi.

Lorsque le noir coursier du fatal Borysthène

Hennit, victorieux, aux rives de la Seine,

Et des peuples ligués t'apporta la fureur,

C'est Dieu qui, dissipant le vent de la colère,

Des Lys, pour te sauver, releva la bannière....

Tu n'as pas dit alors : Je rends grâce au Seigneur !

Peuples ! c'est pour cela que, sur nous suspendue,

La foudre gronde encor dans l'immense étendue.

— Dieu nous frappera-t-il ? — Mortels, que savons-nous ?

Il demande parfois du sang en sacrifice ;

Souvent le repentir désarme sa justice ;

Peut-être cherche-t-il un juste parmi vous ?

Saluez donc ces jours que le Seigneur envoie,

Jours de grâce où du ciel élargissant la voie,

Ses prêtres nous ont dit, qu'un cri de repentir

Suffit pour mériter le pardon de nos crimes.

Et, peut-être demain, des milliers de victimes,

Ou des siècles de pleurs ne pourront l'obtenir.

Prions, car la prière épure et fortifie.

Mais, déjà nous puisons à des sources de vie !...

La foi soumet à Dieu l'orgueil de la raison.

O touchante ferveur ! dans nos temples antiques,

Un peuple tout entier, au bruit des saints cantiques,

Invoque l'Eternel et proclame son nom.

Grand Dieu ! vois se presser aux genoux de tes prêtres

Des enfans, des vieillards, des serviteurs, des maîtres,

Des vierges, des époux, des soldats mutilés,

Et ceux qui dans l'Europe ont lassé la victoire,

Et ceux qui dans Cadix ont reconquis la gloire,

Et ceux qui loin de nous gémirent exilés.

Un Roi dont les trésors s'épuisent par l'aumône,

Quittant pour tes autels les pompes de son trône;

Son fils, devant ta gloire inclinant son laurier;

Et de la charité la royale héroïne,

Voilant toujours un nom que le pauvre devine,

Se mêlent à la foule et viennent te prier.

Ils implorent pour nous, dans leurs élans sublimes,

Le pardon des forfaits dont ils furent victimes;

Aux pleurs du repentir leurs pleurs se sont unis.

Que tes élus, Seigneur, apaisent ta vengeance!

Leurs pères avec toi formèrent alliance ;

Souviens-toi des destins à leur race promis !

Non, tu ne seras plus à l'erreur entraînée,

De l'épouse du Christ, ô toi, la fille aînée,

Terre de Saint Louis ! nos Rois te sont rendus.

C'est par eux qu'avec nous Dieu se réconcilie.

France, relève enfin ta tête enorgueillie !

France, encore un laurier !... Règne par les vertus.

Dieu, qui punis le crime et soutiens la faiblesse,

Veille sur le poëte, accorde à sa jeunesse

L'ineffable bonheur de vivre sous tes lois!

Alors, je chanterai dans tes saints tabernacles,

Et mon luth redira ta gloire et tes miracles

Jusqu'aux jours où la mort viendra glacer ma voix.

Mais qui suis-je? C'est vous, mes brillantes compagnes,

Qui devez louer Dieu sur nos saintes montagnes,

Lyres, dont le ciel même écoute les concerts!

De vos hymnes divins redoublez l'harmonie!

Qu'au bruit des chants sacrés les clameurs de l'impie,

Sans arriver à Dieu, se perdent dans les airs!

www.ingramcontent.com/pod-product-compliance
Lightning Source LLC
Chambersburg PA
CBHW061531170626
46811CB00004B/1919